KB177797

윤 재 철

세상에 새로 온 꽃

세상에 새로 온 꽃

윤 재 철 시 집

창비

차 례

제4부

제1부

인디오의 감자

텔레비전을 통해 본 안데스산맥
고산지대 인디오의 생활
스페인 정복자들에 쫓겨
깊은 산 꼭대기로 숨어든 잉카의 후예들
주식이라며 자루에서 꺼내 보이는
잘디잔 감자가 형형색색
종자가 십여 종이다

왜 그렇게 뒤섞여 있느냐고 물으니
이놈은 가뭄에 강하고
이놈은 추위에 강하고
이놈은 벌레에 강하고
그래서 아무리 큰 가뭄이 오고
때아니게 추위가 몰아닥쳐도
망치는 법은 없어
먹을 것은 그래도 건질 수 있다니

전제적인 이 문명의 질주가
스스로도 전멸을 입에 올리는 시대
우리가 다시 가야 할 집은 거기 인디오의
잘디잘은 것이 형형색색 제각각인
씨감자 속에 있었다

도토리 농사 1

아침마다 아주머니들
배낭 하나 등에 메고
보자기를 자루처럼 배 앞에 두르고
도토리 주우며 산을 오른다
어제 샅샅이 주운 자리에
또 어제만큼 떨어져 있는 도토리
허리 숙인 만큼
팔 뻗었다 올린 만큼 도토리를 줍는다
그 일이 짜증나서 어떤 남정네
해머 들고 도토리나무 두들기지만
오늘 많이 주우면
내일은 주울 것이 없다
그리고 모레 떨어질 것은
아무리 해머로 두들겨도
끝내 떨어지지 않아
모레가 되어야 하늘에서인 듯 떨어진다
그래서 아주머니들

도토리 농사는 하늘 농사라서
하늘이 들판을 굽어보시고
들농사가 흉년이면 도토리를 풍년 들게 하시고
들농사가 풍년이면 도토리를 흉년 들게 하신다고
옛날부터 그렇게 믿으며
아침마다 산에 오른다

도토리 농사 2

희한한 일이지
이게 왜 아까는 안 보였을까
그렇게 샅샅이 훑고 뒤졌는데
왜 안 보였을까
산보 삼아 도토리나무 밑을 어슬렁거리며
도토리 주워보지만
낙엽 속에 숨은 도토리는
이쪽에서 보면 보이지만
저쪽에서 보면 보이지 않는다
또한 아주머니들 아침이면
죽 훑어 산을 오르지만
보는 만큼 줍고
보이는 만큼 줍는 일이지
안달하며 죄 주우려고 머무는 법은 없다
오늘 안 보인 것은 내일 보이고
내가 못 본 것은 남이 보고
그래도 안 보이는 것은 낙엽에 묻혀
다람쥐도 먹고 벌레도 먹는다

봄 사월

비구니 있던 암자에
비구승이 주지로 와
앞마당 화단가
노란 붓꽃 난만하게 피었어도
눈길 한번 주지 않는다

앞산에 뻐꾸기 울고
해는 길어 저물 줄 모르는데
비구승은 절 놔두고
뒷산에 토굴 짓는다고
하루종일을 보이지 않는다

순진 무분별

암자에 온 어느 보살의 딸 희옥이는
뭐에 흥이 났는지
왼 신 오른발에 신고
오른 신 왼발에 신고
계단을 오르내리며 고무줄 뛰는 시늉도 하며
깡충깡충 잘도 뛰어논다
한손에 떡 한조각 들고
엠비씨디이에프지 영어 노래 부르며

왼 신을 왼발에 신고
오른 신을 오른발에 신는 일이
참으로 어려워
몇번을 일러주어도 그때뿐
볼 때마다 꼭이
왼 신은 오른발에 신고
오른 신은 왼발에 신는데

그러나 무슨 상관이람
애초에 무슨 상관이람
왼 신을 오른발에 신고
오른 신을 왼발에 신고
희옥이는 저 혼자서 신나게 놀다가
신발은 저만치 내팽개친 채
법당 앞 마룻바닥에서 곤히 잠들었다

사랑과 죽음

어머니와 딸아이가
병아리를 사서 기르는 문제로
실랑이가 한창이다
딸아이는 학교 앞에서 파는 병아리가
병든 것이라면
시골 가서 사오자는 것이고
어머니는 마당도 없고
결국 죽어 나갈 것이라며
죽어 나가는 것이 보기 싫다고 반대이시다
그러면서 잉꼬새도 죽어 나갔고
민물고기도 죄 죽어 내보냈고
알을 사다 키운 개구리도 그랬다고
손을 내저으신다

살아 움직이는 것을 좋아하면서도
책임지지 못하는 아이와
책임지려 하지만

종내는 죽어 나가는 것이 싫은 어머니 사이에서
나는 어디쯤일까

사랑에 대해서 얼마나 책임지고
또한 죽음에 대해선 얼마나 너그러울 것인가

모기와 같이 잔 날

술 먹고 정신없이 쓰러져 잔 날
꿈속에 어렴풋이 여자와
달콤한 사랑을 속삭였는데
문득 깨어보니
어떻게 방문이 열렸던지
모기떼가 앵앵거리며 사방 난리다
일어나 형광등을 켜보니
온몸이 모기에 물려 벌겋고
벽에 달라붙은 모기들이
잘 날지도 못하도록 통통하다
새벽 네시
멍청히
천장만 치켜보고 앉아 있는데
생각할수록 기가 막혀
왜 모기가 여자가 되었을까
왜 여자가 모기가 되었을까
이윽고는, 에잇

주섬주섬 옷 챙겨 입고
아직도 깜깜한 산길을 오르자고
비척거리며 집을 나선다

염천에 상엿소리

장맛비 그치고
햇빛 쨍쨍한 한낮에
아래 소락떼기 마을
상여 하나 떠나간다
어이 어이 어이야 어야 어야

호박잎은 오갈 데 없이 땅바닥에 주저앉아
잎을 축 늘이고 있는데
하늘로는 연습 비행기 한가롭게 날고
매미는 울고
철 늦은 석류꽃은 저 혼자 붉은데
노오란 햇빛 속을
상여 하나 떠나간다
어이 어이 어이야 어야 어야

벌써 슬레이트 지붕은 훅훅 달아
나도 산 그늘이나 찾아갈까

차라리 땡볕에 호미질이나 할까
땀이 흐르기 시작하는데
꿈속인 듯 멀어지며
상여 하나 떠나간다
어이 어이 어이야 어야 어야

하모니카 소리

봄날도 다 가버린 어은리
빗속에 멀리 들려오는
트럭 야채장수 하모니카 소리
그는 오늘도
한 손으로 핸들을 잡고
다른 한 손으로 마이크와 하모니카를 잡고
홍도야 찔레꽃 유정천리 선창을 불고 이어서
감자 양파 오이 호박 대파
간고등어 갈치 오징어 외우는 사이

내 까까머리 중학생 시절
어두워오는 창가에 기대어 서서 불던
하모니카 소리
바우 고개 동무 생각 그 집 앞 넘어
아버지의 식민지시절 객창
즐겨 부셨다던
애수의 소야곡 울어라 기타줄 타향살이

아 아 으악새가 운다

보슬보슬 비는 내리고
빗소리보다는 낙수지는 소리
투닥투닥
가슴속에 떠나온 집을 짓는다

공주 시장

오이가 비를 맞고 있다
가락시장에도 못 간
구부러지고 볼품없는 흰 오이
예닐곱 개씩 쌓아놓은
무더기가 예닐곱 개
좌판도 없이
아스팔트 맨땅 위에
얇은 비닐 한장 깔고 앉아
비를 맞고 있다
장날도 아닌 공주 시장
비는 주룩주룩 내리고
아주머니는 중국집 처마 밑에
쪼그리고 앉아 턱을 괴고 있는데
대책없는 오이는 시퍼렇게 살아
다시 밭으로 가자고 한다

관음봉 가는 길

계룡산 삼불봉에서
관음봉 가는 길
능선을 따라 오르락내리락
길을 가다 마주친
젊은 비구니 스님
두 볼은 발그레
단풍물 들었지만
두 눈 맑아라
두 눈 참으로 맑아라
맑고 맑아서
나는 그만 말을 놓쳐버리고
관음봉에 올라 앉아서는
그 눈이 눈물이 아니었을까
눈물이 아니었을까
일없이 손톱으로
바위나 긁으며 앉아 있었느니

아버지

뇌졸중으로 쓰러져
의식이 점차 혼미해지면서
아버지는 응급실에서 중환자실로 옮겨졌다

거기서 아버지는 몸부림치며
집으로 가자고 소리쳤다
링거 주삿바늘이 뽑히고
오줌주머니가 떨어졌다
남자 보조원이 아버지의 사지를
침대 네 귀퉁이에 묶어버렸다

나중에는 의식이 없어
아무 말도 못하면서
짐승처럼 몸부림만 쳤다
팔목이며 발목이 벗겨지도록
집으로 가자고

고향도 아니었다

집이나마나 창신동 골목길 셋방이었다

세상에 새로 온 꽃

한식 며칠 지나 가본
아버지 산소
제절(除節) 바로 앞에
어린 산수유나무
지난번에는 못 보았는데
일 미터가 조금 넘을까
가늘고 여린 가지 위에
대여섯 송이 노란 산수유꽃

꽃을 두고
죽은 사람 그리는 심사도
예전 같지는 않아
태연한데
엊그제인 듯 갓 피어
봄 햇살과 입맞춤하는
꽃만 눈부시다
꽃이 더
눈부시다

생각은 새와 같아서

생각은 새와 같아서
금세 저기 있다가도 없다

딱새 한마리
수국꽃 가지 속에 들면
생각도 일없이 따라 들었다가

포르릉 그 새 날아올라
자취 끊기면
생각도 자취 없다

그러나 마음 깊은 곳에
길은 다시 이어지고
그 길가 무성한 나무숲은
제 스스로 새들을 풀어내니

잊었던 사람 생각도
스스로 그러하리라

세상에 새로 온 눈

책을 읽고 있는데
창밖으로 재재거리는 새 소리가
너무도 가깝고 분명해
책상 밀치고 일어나
창턱으로 고개를 내밀고 보니
바깥 창턱에 새끼 딱새 한마리 앉아
뭐라 재재거리고 있었다

허허 그놈 참
방충망을 사이에 두고 코앞에서
서로 눈을 마주치는데
한참을 날아가지도 않고
고개를 갸우뚱거리며 나를 보는 눈이
맹랑하면서도 참으로 맑아
세상에 새로 온 눈이로구나
솜털도 가시지 않은 새 눈이로구나

그래, 네가 보기에 나는 무슨 새인고
첫새벽 이슬 같은 네 눈으로 보기에
나는 무슨 괴상한 새인고 묻는데
어미 딱새가 땍땍거리며 부르는지
새끼 딱새는 날아가고
새 날아간 빈자리를 보며
그 맑은 눈 떠올리며
오래도록 나는 또 무슨 생각이 그리 많던지

동물원

동물원 구경 다니면서
나는 혼자 속으로 웃고
슬그머니 웃고
흐뭇해서 웃었다

씨도적질은 못한다더니
그 밭이 어디 가겠냐더니
아버지 엄마 팔뚝에 걸쳤건
손 잡고 마주 오건
아이들의 얼굴이 꼭 그 부모를 닮아
동물 우리 앞에서 사진 찍는 것을 보면
영락없다

무슨 뗑깡을 부리다 야단을 맞았는지
볼 부은 아이와
아직도 시근덕거리는 아버지가 똑같고
오뎅이나 컵라면을 사 나르건

아이스크림 흘린 옷자락을 닦아주건
잔소리치며 거두어 먹이는 엄마와
아이가 똑같아

거 참 거 참
틀림없이 코끼리건 호랑이건
하이에나건 여우건 고슴도치건
모두 그럴 것이라고
내리 닮았을 것이라고
단지 사람들이 보지 못할 뿐이라고 생각했다

제2부

동백의 노래 1

법성포에서 가까운
영광군 백수읍 길용리
소태산 박중빈이 각고 끝에 도를 깨우쳤다는
대각지 비석 뒤켠
봄소식을 알리며 빨갛게 핀 동백꽃은
꽃샘바람 속에서도 요염하더니
이윽고 무르익어가는 봄 햇살 속
낙화조차 황홀하게
아랫도리 환히 밝히더니

서울 마포구 서교동
십여년 전 꽃 행상하는 할머니 손에 이끌려
내게 팔려온 동백꽃은
앰풀로 된 비료약을 화분에 꽂고
해마다 양력 설 무렵이면
봄보다도 먼저 아름답게 꽃피우지만
색기가 없어

마침내 색기라고는 없어
거실 한구석 봄을 기다리며
내가 무릎이 시리다

동백의 노래 2

겨울 한밤중 거실에 혼자 앉아
빨간 꽃 한가득 피워놓은
동백에게 말을 걸어보지만
동백은 말이 없다
동백은 웃는 것도 아니고 우는 것도 아니고
나는 안개 같은 말만 가슴에 가득하다

네게 이르는 길이 어디에서 끊긴 것인지
길이란 애초에 없는 것인지
한밤중 거리를 걸어보지만
나는 단지 걷고 걸을 뿐
네게 이르는 길을 알지 못한다

아름다운 시절
더러는 보석처럼 빨갛게 묻어둔 말도 있으련만
돌아보면 길은 늘 거기에서 끝나고
걷고 걸어 새벽 시장

생선 상자 뜯어 태우는 화톳불 앞에 선다

머리가 하얗게 센 동백을 보았느냐고
그 가슴속 빨간 꽃잎을 보았느냐고
그래 화톳불에도 네모난 쇼팅 깡통에도 동백은 있고
귀때기가 빨갛게 언 가로등에도 동백은 있지만
아직도 네게 이르는 길은 알지 못하고
나는 안개 같은 말만 가슴에 가득하다

나는 왜 그 전봇대를 기억하는가

왜 기억하는지 나도 모르겠다
지금은 사라지고 없어 기억하는 걸까
나무로 된 전봇대
그리고 신발 옆에 아이젠 같은 찍게를 달고
허리엔 밧줄을 걸치고
척척 그 전봇대를 찍어 오르던 전공

왜 기억하는 걸까
꿈에서처럼 그 전봇대를 오르고 싶은 걸까
꺼멓게 콜타르칠을 한 그 전봇대
개가 뒷다리를 들고 오줌 누던
사람도 또한 꼭 거기에 대고 오줌 누던
사람과 집 사이에 키가 크던 그 전봇대

단지 어린 시절이어서일까
캐터필러 뒤를 쫓아다니며 종잇조각을 붙이던 시절
휘발유 냄새도 향기롭던 시절

지금은 너무 멀어서 그리운 걸까
이 무선통신의 시대에
나는 왜 그 전봇대를 기억하는가
그 전봇대를 척척 찍어 올라가던 전공을 기억하는가

사막

옛날에는 초원이었겠지
조상 대대로 양 치며 노래하며 살았겠지
그러나 지금은 모래바람 불어가는 사하라
사막의 변두리
사막은 자꾸 넓어지고
갈 곳이 없다

아낙들과 아이들은 메마른 풀을 찾아
며칠씩이고 양을 몰고 다니고
땔감을 줍고
사내들은 한달씩 걸려
천여 킬로미터 사막을 가로질러
좁쌀을 사러 간다
낙타를 팔아 일년치 좁쌀을 사서
다시 한달을 걸어 돌아오는
긴 낙타의 행렬

그 사막에 용서라는 것이 있던가
그 사막에 헛된 바람이라는 것이 있던가
더이상 갈 곳이 없어서
집은 거기에 있다
늙어 지친 낙타와
다시 태어나 젖을 빠는 어린 낙타와 함께

차라리 치매이고 싶다

두 가지 이상의 일을 동시에 처리하기 어려우면
치매를 의심해보라고 했다
그 점 나는 안심이다
악수를 하면서도 이놈이 내 등을 치지 않을까 의심하
기도 하고
전화를 받으면서 종이 위에 어린 시절 장난으로 그렸
던 WXY를 그린다(하체를 더 크고 풍만하게)
라면 물을 올려놓고 몇분이면 끓을 줄을 알아
그 사이에 티브이도 보고 신문도 보고 동시에 담배도
피운다
또한 좁은 골목길 앞뒤에서 오가는 차를 눈대중으로
피하면서
길갓집 담장 안에 핀 매화꽃을 놓치지 않는다
놓치지 않으면서 동시에 빌어먹을 놈 하고, 차에 치일
뻔하면서도 별것 아닌 것에 눈 돌리는 나를 탓한다
나는 치매는 아니다
그러나, 그러나 말이다

어떤 때는 차라리 치매이고 싶다

치매가 되고 싶다

히힛거릴 때는 마음껏 히힛거리고

울고 싶을 때는 마음껏 울고

매화꽃을 볼 때는 차에 부딪혀도 매화꽃만 보고 싶다

바퀴벌레 사랑법

바퀴벌레가 전자레인지
따뜻한 곳으로
은밀한 곳으로
자꾸자꾸 기어들다가
기어들어 끌어안다가
제 몸이 휴즈가 되어
저도 죽고
전자레인지도 녹여버렸다

전자레인지는 전자레인지는
가장 깊은 속으로
바퀴벌레가 자꾸 파고들어
간지러워 간지러워
견디다 못해
합선을 일으켜
저도 죽고
바퀴벌레도 녹여버렸다

불륜이었을까
200볼트의 고감도 사랑
멈출 수 없었을까
그 서늘한 배반의 사랑법

퇴계의 명아주 지팡이

한겨울 꼭두새벽
선릉역 4번 출구에서 만나
승용차 두 대에 나눠 타고 떠난 여행
진눈깨비 맞으며 단양 죽령 넘어
풍기 소수서원에서 시작하여
영주 부석사에서 산채비빔밥 한그릇씩 때려먹고
안동 도산서원 들러
하회마을에서 하루 자고
병산서원 들러 봉정사에 갔다가
청송 주왕산에 올랐다가
백암온천에서 목욕하며 하루 더 자고
새벽 바닷바람 맞으며 울진 월송정에 들렀다가
삼척 신리 굴피집 둘러보고
환선굴에 올랐다가
태백 황지못에 들렀다가 석탄박물관까지 보고
영월을 거쳐 서울로 돌아오는 길
차는 붉은 미등이 꼬리를 물고

가다 서다 하면서 어질어질
어지럼증이 더하면서
도대체 어딜 갔다 왔지
무얼 구경했지 몽롱한 중에
도무지 차만 탄 기억밖에는 없는데
어지러워 차창에 머릴 기대고 내다본 건너편
짐승처럼 엎드린 산허리 위로
검푸른 하늘 위로 문득 떠가는
아, 청려장 한자루!
안동 도산서원 유물 전시실에 누워 있던
오백여년 묵은 퇴계의 명아주 지팡이가
미라처럼 검게 깡마른 그 지팡이가
정수리를 내리치듯 달려들다가
시조 한수 읊조리며 멀리 떠가고 있었다

다시 시작했으면 좋겠네

시간을 한 두어달만
뒤로 물렸으면 좋겠네
삼월에 딸기 먹고
오월에 참외 먹는
이 시간을 두어달만 뒤로 물려
오월 난만한 햇빛 속에 딸기 먹고
칠월 더위 한창일 때 참외를 먹고 싶네

시간을 한 두어달만
뒤로 물려 다시 시작했으면 좋겠네
비닐하우스도 걷고
비닐하우스 속 그 독한 농약 냄새도 걷고
과일 하나 놓고라도
제대로 된 시절을 느껴보고 싶네
제대로 된 햇빛과 바람을 먹어보고 싶네

서로가 하루 먼저 하다보니

한달 두달이 당겨지고
그것을 반색하고 먼저 먹어보는 호사가
이제는 당연한 듯
먼저 먼저 빨리 빨리
거꾸로 가는 시계를
이제는 제대로 제자리에 돌려
다시 시작했으면 좋겠네

정말 그럴 수가 있는 거냐

몸을 움직이지도 못하게 가둔 채
공장처럼 자동화된 씨스템에
마이신을 잔뜩 먹인다는 것은 알았지만
그냥 그쯤 알고
후라이드 치킨에 맥주도 마시고
삼계탕을 뼈까지 쪽쪽 빨아가며 먹었는데
아, 정말이냐
닭에게 닭을 먹이는 것이
이제 그 닭에게
먼저 잡은 닭의 피와 뼈와
내장과 털을 갈아 섞은 사료를 먹인다는 것이
그게 정말이냐
정말 그럴 수가 있는 거냐
돈도 좋지만 원가 절감도 좋지만
정말 그럴 수가 있는 거냐
동물학대니 양심이니 도덕적인 논설은 제쳐두고라도
소에게 소의 폐기물을 먹여 광우병에 걸렸다는

영국의 얘기도 못 들었느냐
그래서 이제는 우리가 닭을 미치게 만드는 거냐
닭을 미치게 만들어
사람까지 미치게 만드는 거냐
하늘의 재앙을 그렇게도 스스로 부르는 거냐

봄 사육신묘

노량진 사육신묘
한강을 등지고 남향받이 언덕 위
정답게 누워 있는
여섯 분의 무덤은 둥글둥글
마음씨 좋은 할아버지 같지만
더러는 요 아래 학원가 땡땡이 치고 올라온
재수생 연인들 허리에 손도 둘러주고
벤치 위 할아버지들 장기판
훈수 두다 싸움도 붙이지만
오백여년 전
선혈(鮮血) 같은 그 의기(義氣)야
청청(靑靑) 저 소나무
어디 갈 데가 있나
그러나
이 봄에는 여섯 분이 밤샘 모의하여
찻길로 내려가는 언덕 위
무더기 무더기 유난히 붉은 진달래꽃 피워올리고

불타는 바그다드를 묻고 있다
불의(不義)한 미국의 권세를 묻고 있다

봄날

골목 어귀
만개한 벚꽃나무 앞에서
나는 무력하다

한낮의 까페 바그다드
굳게 닫힌 문 앞에서
나는 무력하다

라이브 화면 바그다드에는
탱크와 사막의 누런 흙먼지와
밤이면 충격과 공포의 크루즈 미사일
지옥의 불기둥이 치솟지만

꿈속인 듯 거리를 걸으며
주머니 속 동전 만지작거리며
나는 무력하다

그럼에
꽃과 싸우자
꽃을 위하여 꽃과
싸우자 꽃이여 총을
총을 들어라
꽃이여 총과
싸우자

이명처럼 시내 곳곳에서 총성이 울리고
봄의 한낮 가위눌린 꿈처럼
나는 무력하다

진달래꽃

건너편 집 화단의
희고 큰 목련꽃만 보았는데
오늘은 표지석만 남은 이수 나루터 건너편
절개지 절벽 위에 아스라이 피어 있는
진달래꽃을 본다
아직 다른 신록은 피어오르기 전
분홍빛 아스라한 거리(距離)

저와 나 사이에는 이수 교차로
거대한 고가도로가 세 개 휘돌아가고
나는 달리는 차들 사이로
자꾸자꾸 진달래꽃 올려다보지만
이제는 다가갈 수 없는 거리여
이제는 만져볼 수도 없는 거리여
이제는 꺾어 바칠 사람도 없는 꽃이여

나는 이제 소도 없고

비단옷의 아름다운 수로부인도 없고
사랑은 안으로 까맣게 피멍든 지 오래
단지 퇴근길 저녁마다 눈에 걸리는
저 진달래꽃
분홍빛 아스라한 거리여
우리는 단지 스쳐지나가는 풍경으로만 만나고
밤이면 네온싸인 눈부신 거리에서
손쉽게 몇장의 지폐와 카드와 함께
하이트 맥주 거품 속에 몸을 던진다

제3부

그냥 있는 거지요

"별일 없어?"
"예"
"뭐 해?"
"그냥 있어요"
대답해놓고 우습지만
그냥 있는 거지요

밤꽃이 한창 피었을 거예요
꿀벌들도 정액 냄새 닮은 그 향기 속을 바쁘게 날고요
그래도 그냥 있는 거지요

밥도 먹고 화장실도 왔다갔다 하고
신문도 보고 베란다에 서서 담배도 피면서
그냥 있는 거지요

핸드폰을 들고 하루종일을 개미처럼 움직여 다녀도
컴퓨터 앞에 앉아 하루종일 인터넷을 해도

똑같아요
그냥 있는 거지요

일요일에는 티브이만 봐요
그냥 봐요
아무것도 기억 안 나요
그냥 있는 거지요

아마 이천년이 되어도 똑같을 거예요
그냥 있는 거지요

당인리 발전소

굴뚝이 누워 있다
지독하게 크고 우울한 눈동자 속으로
백목련 하얀 꽃잎은 떨어지고
퇴색한 풍경 속으로
어쩌면 다시 깨어나지 않을 잠
일용의 전기를 뽑아내는 굴뚝이 누워 있다

후덥지근한 날씨
철근노동자의 구릿빛 가슴속으로
땀에 전 싸구려 티셔츠
일용의 에너지로 일용의 지폐 몇장을 바꾸지만
내일은 인플레이션
이십일세기는 백년이 아니라 바로 내일 예약 완료
저기 굴뚝 끝 손가락 끝
파노라마처럼 흘러가는 싸이버의 하늘
아담의 우울한 노랫소리는 쇠사슬처럼 지층으로 끌
리고

강 건너 여의도 빌딩숲

벚꽃은 만발했는데

굴뚝은 원룸 빌라 공사장 패널 위에서

안전모로 얼굴을 덮고 낮잠을 자고 있다

꼭 묶어맨 낡은 등산화

청바지 위로 두 다리 사이는 터질 듯 불룩한데

달은 말을 할 줄 모를 거야

홍대앞 버스 정류장
무겁게 김치를 들고 올
아내를 기다리며
아마 나는 말을 할 줄 모를 거야

거리는 자동차 불빛으로 넘쳐 흐르고
소리로 가득 넘쳐 흐르는데
아마 귀는 말을 할 줄 모를 거야

내일모레가 추석
와우산을 넘어온 달은 부풀어오르면서
흐르고 있을까 아마
흘러가고 있을 거야

노랗게 머리를 물들인 중국집 배달 소년은
차 사이로 지그재그 오토바이를 몰고
아이들은 벌써 집으로들 돌아갔을 거야

그래 밤은 참 쉬워
밀러 맥주 하얀 거품 속으로
한 여자가 부풀어오르고
한 남자가 가라앉으면서
그래도 흐르고 있을 거야 아마
달은 말을 할 줄 모를 거야

아직도 잠들지 못한 저 별은

민방위 비상소집에 나가
서교초등학교 운동장에 줄을 서서
별을 올려다본다
별만 본다

이른봄 신새벽
공복의 와우산 등성이 위
밤새 엎치락뒤치락
아직도 잠들지 못한 저 별은

길을 잃어버린 것일까
말을 잃어버린 것일까
말을 잃어버린 것일까
길을 잃어버린 것일까

희뿌윰한 동쪽 하늘
아직 꺼지지 않은 노란 가로등 위를

아침 비둘기가 날아오르고
지상에 남은 마지막 말처럼
별을 본다
별만 본다

벙어리 뻐꾸기

그 새 소리 그립다
워워워워
벙어리 뻐꾸기
워워워워

아침 화장실 변기에 앉아
워워워워
이명처럼
벙어리 뻐꾸기 소리 듣는다
워워워워
워워워워

한번도 그 모습은 보지 못했지
워워워워
그러나 울음으로 기억한다네
워워워워
그 골짜기 숲의 떨림으로 기억한다네

워워워워

그리고 지금은 내가 울고 있는 것이야
워워워워
아침 화장실 변기에 앉아
워워워워
워워워워

한여름 낮의 꿈

지금 사랑은 없다
아니 나는 사랑을 모른다
무엇을 그리워하는지 모른다
무엇을 그리워해야 할지 모른다

단 하나 무엇을 그리워할 것인가
단 하나 무엇을 잊을 것인가

비도 오지 않는 장마
빨간 벽돌 담장 위를 소리없이 잠자리가 난다
화석곤충 2억 5천만년 동안
두 쌍의 정교한 날개와 두 개의 커다란 눈으로
잠자리는 무엇을 잊어왔는가

고양이는 풀어진 눈으로 담장 밑에 엎드려 있다가
허리를 곧추세우며 기지개를 켜고
오죽(烏竹) 속으로 사라진다

한여름 한낮의 적막이여
꿈의 꿈이여

나는 다시 무엇을 잊을 것인가
다시 무엇을 그리워할 것인가

벽오동 1

지금은
나뭇잎 속에 나무와 함께 잠들어 있음을
깃은 까맣게 때에 절어 부석부석한 참새들
새벽이면 부산하게 이 도시의 잠을 깨울 것이네
쨱쨱 쨱쨱 쨱쨱 쨱쨱
그러면 비로소 알람 시계가 울고
위층 집은 FM라디오가 자동으로 ON되고
차이꼬프스끼가 울려퍼지겠지

잃어버린 것은 아무것도 없네
단지 시계는 더이상 꿈꾸지 못하고
새들은 시간의 녹슨 이파리를 물고 날아오른다네
이파리들은 저마다 예리한 눈을 갖고
비만한 도시의 하루를 움직이지만
시계는 더이상 꿈꾸지 못하고
나는 삼십 개의 시계와 삼십 개의 눈과
삼십 개의 암호와 삼십 개의 회로 속에

빈틈없이 하루를 움직이고
모든 소멸하는 것들 속에서
소멸하지 않는 집을 짓는다네
녹슬지 않는 집을 짓는다네

아, 꿈이여
꿈속의 꿈이여
저녁이면 돌아와
벽오동 푸른 잎에 깃들이는
새들의 잠을 나는 지키나
아, 죽음보다도 깊은 잠이여
깨어나지 않는 꿈이여

도시의 고양이

이 도시에서 고양이가 사는 법은
담장을 잘 타는 일이다
소리없이 담장 위를 빠르게 걷는 일이다
가로지르는 것은 위험하다
길을 따라
담장을 따라
그림자 없이
경계를 잘 타야 한다

이 도시에서 고양이가 사는 법은
기다리는 일이다
바로 담장 너머에 꽃이 있다 해도
오래도록 꼼짝 않고 바라만 봐야 한다
그러고도 아무 일 없을 때
담장을 따라 돌고 돌아
의심하며 뒤돌아보며
그 꽃에 가는 일이다

그 꽃을 가슴에 품는 일이다

그리고 이미 그때
그 꽃이 덫이라면 그것은 어쩔 수 없다
그것은 재수인 것이다

홍대앞 풍경

홍대앞
까페와 여관 사이 골목길
주차해둔 차들과 쓰레기봉투와
누군가 간밤에 토해놓은 오물
그런 사이에서
개 두 마리가 붙었다

어느 집에서 새어나왔을까
애완견 잡종 두 마리
키가 층이 지는 두 마리가 힘겹게
뒤로 붙어서서
불안하게 눈을 굴리는데

아무래도 햇빛이 너무 환해
그 생식이 너무 낯설어
우리는 누가 누구에게 빚진 것인가
나의 남루는 너의 살에 빚지고

너의 살은 또 무엇에 빚진 것인가

슬그머니 골목길을 빠져나오며
문득 허기가 져
곱빼기 자장면이 먹고 싶었다

씨어터 제로

씨어터 제로(극장 "꽝")
사층 건물 옥상 턱에
한 사내가 앉아 있다
와이셔츠에 청바지 입고
허공에 맨발을 늘어뜨린 채
태연히 앉아 있다

그의 머리 위에는
등이 굽은 가로등이 서 있고
그의 발밑 벽면에는
사각의 대형 현수막
'개'가 걸려 있다
"모든 개들은 지금 탈출하라"
모노드라마 광고 현수막이 걸려 있고

씨어터 제로 앞에서 서쪽을 보면
홍익산부인과 건물 뒤로

골프 연습장이 보이고
그 뒤로 당인리 발전소 굴뚝이 보이고
그 오른쪽 어깨 너머
낡은 국회의사당 돔이 보이고
그런 풍경을 눈여겨보다
다시 씨어터 제로를 보면
허공의 그 사내는 마네킹이다
오른쪽에 머리 가르마를 하고
언제라도 뛰어내릴 듯이 그는 앉아 있다

밤길

는개 내리는 어두운 밤길을 걸어
그대 집으로 돌아가는가
가로등도 끝나고
발 아래 희뿌옇히 뻗어 있는 시멘트 포장길
그대 더듬거리며 집으로 돌아가는가

눈에 힘을 주고 렌즈를 활짝 열지만
길 옆 다리도 키 큰 삼나무도
옛사랑의 기억처럼
희미하고 희미할 뿐
아무런 실감이 없네

그리움도 이제 지쳐 끝났는가
소리없이 는개 내리는 밤길
그림자도 없이
슬픔도 없이
그대 집으로 돌아가는가

흔들거리는 나무와 나무 사이 집과 집 사이
담뱃불과 희미한 네온 간판 사이
사랑과 사랑 사이
경계와 경계 사이를 허청거리며
그대 집으로 돌아가는가

목련

목련은 지고
허물어진 듯 보이는 하늘의 한 끝
그 작은 이별에도
바다가 있었다

하얗게 눈이 부신 바다
그러나 까맣게 눈이 멀어 돌아오는 바다

바다로 가는 긴 통로에 서서
지층을 덮은 꽃이파리들
꽃이파리와 함께 무너지는
지층을 본다

지상의 밤을 밝히던 그 많은 불빛들도
한갓 이별 앞에서는
속절없어
빛의 이파리들을 물고

새들은 모두 바다로 떠나갔다

단지 도시의 뒷골목 화사한 봄밤의 풍경
그러나 세계는 이 작은 이별에도 지쳐
흔들리고 흔들리며
검은 바다가 되어 돌아오고 있었다

벽오동 2

멀쩡한 집을 때려부수고
빌라를 짓고 오피스텔을 짓는 서교동 골목길
어떻게 용케 살아남은 벽오동 한그루
담 모퉁이 안쪽 옹색하게 서서
담벼락 위에 꽂힌 쇠꼬챙이에 찔리며
가지는 얼마쯤 전깃줄에 걸쳤지만
그래도 제 빛깔로 푸른 벽오동

한여름에는 넓적하고 푸른 잎새로
더러 빗방울 소리도 들려주고
눈도 시원하게 해주더니
이 겨울에는
열매를 싸고 있던 껍질이
채 지지 못하고 잎사귀처럼 남아
바람 부는 날이면 솨르르 솨르르
바람 소리로 나를 잠재우고

새벽이면 내 잠 속으로 걸어 들어와
내 우울한 꿈을 깨운다
어쩌면 말라붙은 내 꿈의 우물가
아직도 깊은 물줄기 찾아
뿌리를 적시며 푸르게 서 있는
벽 오 동

벽오동과 굴뚝 사이

벽오동과 당인리 발전소 굴뚝 사이에
나팔꽃이 피고
아침부터 비가 내린다
벽오동과 담장 위에 꽂힌 쇠꼬챙이 사이에는
보푸라기 이는 빨랫줄이 매여 있고
걸레가 비를 맞고 있다
목장갑이 몇 켤레 비를 맞고 있다

벽오동과 굴뚝 사이는 아주 멀다
둘 사이에 줄은 없다
그러나 그 사이로 비는 내리고
저무는 한 세기가 비를 맞고 있다
빨래끈으로 허리를 질끈 동여맨
포장마차가 비를 맞고 있고
주차해둔 자동차들과 지하의 락까페들이 비를 맞고
있다
굴뚝 꼭대기의 피뢰침이
아침부터 비를 맞아 아프다

제4부

제라늄은 끝까지 붉다

별관 현관 앞
길쭉한 플라스틱 화분 위에 제라늄은
가을 하늘 깊숙이 붉다

아욱잎을 닮은 푸른 잎도
누릇누릇 말라 떨어지고
황새 부리를 닮은 열매도 날이 서는데
붉은 꽃잎은 제 색으로 끝까지 붉다

한 생애가 지치도록 붉어
아름다울 수 있다면
마지막까지 사랑 하나 붉고
돌아서 떠나는 마음조차 붉어
아름다울 수 있다면

저물어도 좋으리
이윽고 다가오는 어둠속에서도 붉어

어둠 뒤의 적막조차 붉게 두고 갈 수 있다면
가을 하늘 지쳐
저물어도 나는 좋으리

무령왕비 어금니에 대한 보고서

캄캄한 방안에서 담배를 핀다
연기는 보이지 않고
빨간 담뱃불 하나
시나브로 사그라들고

공주박물관 진열장 안
희미한 광선 아래
무령왕비의 어금니 하나
적막 속에 하얗게 닳아간다

둥근 천장의 묘실에 왕비는 없고
나의 방에도 나는 없다
단지 오래된 담뱃불 하나
오래도록 살 속에 묻혔던 사랑니 하나
어둠속에 희미하게 살아나며
천오백년 죽음처럼 오랜 꿈을 지우고 있나니

이제 나도 나는 없고
단지 이빨은 닳아지며 궁극으로 가고 싶다
신새벽 떠오르는 그믐달에
기름 등잔 하나 밝혀 들고
햇빛 환한 노두(露頭)길을 이제는 가고 싶다

쎄라비

지금 이천에서 서울 가는 고속버스
서늘한 에어컨 바람 속에
파리가 한마리 탔습니다
녀석은 천장에도 딱 붙어 거꾸로 앉았다가
앞자리 여자 승객 염색한 머리 위에도 앉았다가
깨었다 조을며
서울까지 같이 갈 모양입니다
나도 깨었다 조을며
파리가 연애하러 서울 가는 거라고 생각했습니다
왜, 짐승들도 댐이니 고속도로니 해서 일정 지역이 고
립되면
근친교배 때문에 저절로 멸종한다지 않습니까
나는 파리가 뒤섞이러 간다고 생각했습니다
자기도 모르게 뒤섞여서 건강한 구더기를 얻으러 간다
고 말입니다
그러고 보니 사십여명 승객들도
사업하러 가기도 하고 예식장에 가기도 하고

병원에 가기도 하고 야구 구경 가기도 하고
별별 목적이 다 있겠지만
순수 연애하러 가는 사람도 많을 거라고 생각했습니다
파리와 함께 깨었다 조을며
나도 별 생각 없이 행복하게 뒤섞이기를 바라면서
에어컨 바람 속에 앞자리 여인의
향긋한 머릿내를 깊이 들이마십니다
인생이란 것이 또 그런 것이겠지요

너

대가 고깃집
엘지 산전 에어컨 송풍기 위로
농수산 홈쇼핑 종이 박스 위로
쥐똥나무 담장 위로
비 내리고

우산 속
내 기울어진 어깨 위
젖어들며 비 내리고
이제는
빛도 아닌 어둠도 아닌

건널목에 서면
빗방울 튀어오르는 아스팔트 위
장지문 하얀 창호지 밖으로
너는 발이 보이지 않는
긴 스란치마를 이제도 끌고 있다

화병 속의 수선화

묻는다 묻고 싶다
새벽 세시
네게도 섹스가 있느냐
네게도 불타는 욕망의
멍에가 있느냐

정교하면서 우아하고
하늘 비친 우물물처럼 맑고 깨끗한
정령의 꽃이여
수선화여

마지막 네게도 섹스가 있느냐
있어서 그립고
괴롭느냐
티없이 맑고 노란 너를 보며
오늘은 내가 위험하다

처음부터 거기에 늘 있던 나무

그 화사했던 보랏빛 꽃만 보았다
그 눈물나던 진한 꽃향기만 보았다
나무는 보지 않았다

그러다가 가을 햇빛 어깨를 쓸어내리는
오래된 골목길 안
문득 라일락나무를 본다
처음부터 거기에 늘 있던 나무

이제는 윤기를 잃어버린 하트 모양의 잎과
꺼풀이 이는 가지
누렇게 말라붙은 꽃자리
그러나 이제사 절망을 이름붙이지 못한다

단지 내가 보았을 때도
보지 않았을 때도
늘 거기에 있던 나무

처음부터 아무 의심 없이
거기에 늘 있던 나무

겨울 한계령

더이상 나아갈 수 없는
바람의 끝
난간에 기대어 서서
멀리 하늘과 맞닿아
푸르게 누워 있는 바다를 본다

또한 발 아래 눈 덮인 채
햇빛에 환히 빛나는 봉우리들
풍경은 파노라마처럼 흘러가지만
길은 거기에서 끝나고
한계령에 문은 없다

눈감을 수 없는
청춘의 한 시절처럼
또한 머물 수 없어
불꽃은 바람 되고
바람은 다시 불꽃 되어

갈망하며 무너지며

눈감아도 저 산
구름 걷히듯
사랑은 보이지만
그대는 멀다
그대는 멀다

매화나무 매화꽃

걸으며 본다
매화나무
매화꽃

걸으며 본다
이 봄
작고 야무진
연분홍꽃

매화나무 그늘 아래
햇살 눈부시게 눕고 싶지만
두렵다

오래 묵어
여리디여린 저 속살

미늘

학교 신관 건물 뒤
철망으로 둘러친 고압 변전실 안
시멘트 바닥 깨어진 틈에 피어난
노란 민들레꽃 한송이
하루종일 웅—웅 변압기 소리 들으면서도
환한 미소로
추억 속에 노란 우산을 만듭니다만

이제는 앉은뱅이 푸른 잎사귀도 봅니다
땅바닥에 누워 배게 나 있는 푸른 잎사귀가
이제는 위험한 창끝 미늘처럼도 보입니다
한번 찌르면 뽑히지 않는 겹겹의 미늘
아마 사랑도 추억보다는
그렇게 가슴에 박혀 뽑히지 않는
푸른 잎의 미늘인지도 모르겠어요

초여름 안골에서

안골 마을
낡은 조립식 시멘트 담장에 올라앉은
넝쿨장미가
유난히 생생하다

햇빛 환한 녹음 속에
넝쿨장미꽃은
넓적하고 무거운 무쇠칼로
탁 잘라낸 고등어 대가리보다
더 생생하다

아니 똑같다
장미꽃과 고등어 대가리가
새로 피어난 대추나무 잎과
하얀 감자꽃이
덤불 속 붉은 산딸기와
간절한 저 뻐꾹새 소리가

똑같이 생생해

비로소 그림자를 본다
한낮에
고요한 그림자를 본다

하일 춘정

건너 산 허리에 오동나무 한그루
보랏빛 꽃이 피어
나 여기 있소
멀리서 소리친다

여름 막 들어가는 한때
산 중턱 십여평을
보랏빛으로 환히 물들이며
나 여기 있소
나 지금 사랑에 빠져 있소
멀리서 소리친다

온 산 녹음 속에
오동나무 한그루
오늘은 온종일 몸이 달아
어디 멀리 바람나고 싶다

겨울 무주 구천동

이십팔년 전
여드름 한창 솟던
고등학교 일학년 적
사촌들하고 놀러 왔던 무주 구천동
그때 옆방에 들었던 이리 가시내들
그쪽 인솔 교사하고 우리 사촌형하고
수인사하고 술 한잔 하는 사이
그 하룬가 서로가
슬금슬금 힐끔힐끔
달아오른 얼굴로
말 한마디라도 제대로 붙여봤던가
그 여름 비 안개 꽉 낀
그 녹음이
오늘은 죄 옷 벗은 채
하얗게 눈에 덮여
구천 계곡 얼음에 비친
햇살만 눈부시다

이십년 저쪽

등콧길 고개 위에서
싸움이 벌어졌다는 말을 듣고
쫓아가보니
민등성이 고개 위에
아침 햇빛만 자욱하더라
쫓아와 이른 아이와 함께
칼에 찔렸다는 아이를 찾아
고척동 산동네 고추밭 사이
다 무너져가는 집엘 들어서는데
벌써 마당 빨랫줄에
벌건 핏자국 다 헹구지 못한
런닝 샤쓰 하나
해바라기씨만한 구멍 하나 뚫고
내걸렸더라
아이는 어디론가 내빼버리고 없고
늙은 할머니만 별것 아니라며
젊은 선생을 어쩔 줄 몰라했는데

다시 가본 그 고갯길을
이제는 아파트들이 다 막아서고
나도 이십년을 이쪽에 서서
눈 둘 곳이 없더라

쓰시마 촌로가 전하는 얘기

티브이에서 본
순박한 쓰시마의 촌로
세종대왕 때의 쓰시마 정벌 얘기를 하는데
병선이 수백척 몰려와
조선 병사들이 수도 없이 상륙해서는
똥을 누고 밑씻개로 풀을 뜯어 쓰는데
풀에 가시가 많아 애를 먹으며
이놈의 땅은
사람도 거친데 풀도 거칠구나 투덜댔다며
와하하 웃는다
다른 역사는 몰라도
그 밑씻개 얘기는 수백년을
조상 대대로 전해온 모양으로
그 얼마나 많은 쓰시마 사람들이
그 얘기를 하며 재미있어 했을까 생각하니
똥 얘기는 동서고금을 막론하고
참으로 허물없고 재미있어

또한 종이에는 적히지 않고
꼭이 웃음과 함께
입에서 입으로만 전하나니

노부부

병실에서
어머니 아침밥 드시고
눈 붙이시는 것 보고
화장실 가는 길
몇 걸음 앞서 느릿느릿
노부부가 간다
할아버지는 한 손으로 배를 감싸안고
할머니는 링거병을 들고
함께 화장실을 간다
내가 앞질러 화장실에 들어앉아 있는데
바로 옆에 그 할아버지 들어오고
할머니는 링거병을 들고 문 밖에 서서
걱정하지 말고 천천히 눠
잘 나와?
묽어? 되?
다 쌌어?
시원해?

물 내리지 말고 그냥 나와 말하는데
할아버지는 음 음 할 뿐 거의 대답이 없다
내가 화장실을 나와 병실로 돌아오는데
그 노부부 복도 저만치
그림처럼 천천히 걸어가고 있다

냄새

1

동물원의 하마는
그의 집에 물을 적당히 갈아주어야 한다
그는 그의 집에서
똥도 누고 밥도 먹고
하루종일 헤엄치며 노는데
그 똥물을 사람의 생각으로
매일 깨끗이 갈아주었다가는
하마는 죽고 만다
똥냄새가 없으므로
제 집이 아니므로

2

내 딸애는 소매에 코를 대고 잔다
혼자 있을 때건

책을 볼 때도 곤잘
소매를 코에 대고 냄새를 맡는다
그 버릇을 고치라 하고
볼 때마다 잔소리를 해대도
그때뿐 슬그머니 내려갔던 팔목은
어느새 올라와 코에 있다
우유를 먹여 키워서 그럴까
제 어미가 직장을 나가서 그럴까
왜 그러느냐 물어보면
그냥 옷 냄새가 좋아서 그런다고 한다
어쨌든 열살 난 내 딸애는
소매를 코에 대고 있을 때가
뭔가 골똘하고 행복해 보인다

   3

나는 적당한 땀 냄새와 머리 냄새와

담배 고린내를 좋아한다
그런 냄새가 밴 베개와 이부자리가 편하다
그러나 마누라는 질색을 하고
베개에서 조금만 냄새가 나도
베갯잇을 빨아대고 갈아끼운다
며칠은 잠이 서운하다
반대로 나는 마누라의 샴푸 냄새와
화장품 냄새를 맡으면 숨이 막힌다
어떤 때는 못 참겠어서
창문을 열어젖히고 냄새를 갈아치운다
냄새가 냄새를 밀어내고 서로 다툰다
나의 냄새도 반쯤은 지워지고
반쯤은 잃어버렸다
그러나 그래도
지워지지 않는 냄새가 있어
그리운 냄새가 있어
냄새끼리 싸우며 살아가는 거겠지
길 떠나도 떠나는 거겠지

■

해설

하늘 농사의 운행원리와 시적 상상

홍용희

　윤재철의 시적 화법은 평명하고 강직하면서도 동시에
가없이 부드럽고 온화하다. 그는 스스로 자연의 이치에
승순(承順)하는 삶의 자세를 엄정하게 견지하면서 또한
이를 내면적인 생활언어로 노래하고 있다. 그래서 그의
시세계의 기본 정조는 맑고 평온하고 순정하면서 조용하
다. 이와같이 나직하면서도 견고한 내공의 목소리는 그
의 시적 삶의 일관된 특징이기도 하다. 어두운 역사의 굴
곡을 정면에서 헤쳐나가던 1980, 90년대 간행된 『아메리
카 들소』(1987) 『그래 우리가 만난다면』(1992) 『생은 아름
다울지라도』(1995) 등의 시세계에서도 그는 모나고 날카
로운 대립각의 공격적인 번뜩임을 자랑하기보다는 "'세

계'에 대한 '나'의 자세"에 천착하는 내성의 절조를 중심음으로 견지해왔다. 그래서 그의 시편들은 강렬한 선동적 파문을 일으키지는 못했지만 체험적 동질성의 정감으로 어느 누구의 시편들보다 가깝게 우리 곁에 다가왔다.

이번 시집 『세상에 새로 온 꽃』은 그의 이러한 내성의 견인력이 자연의 이법과 순리에 대한 추구로 표나게 드러나고 있다. 즉, 그는 "하늘 농사"의 운행원리를 자신의 시적 삶과 인식의 준거로 내면화하고 있는 것이다. 다음 시편은 이러한 면모를 선명하게 보여준다.

오늘 많이 주우면
내일은 주울 것이 없다
그리고 모레 떨어질 것은
아무리 해머로 두들겨도
끝내 떨어지지 않아
모레가 되어야 하늘에서인 듯 떨어진다
그래서 아주머니들
도토리 농사는 하늘 농사라서
하늘이 들판을 굽어보시고
들농사가 흉년이면 도토리를 풍년 들게 하시고
들농사가 풍년이면 도토리를 흉년 들게 하신다고

옛날부터 그렇게 믿으며

아침마다 산에 오른다

—「도토리 농사 1」 부분

　"도토리" 줄기에서 감득되는 "하늘 농사"의 운행원리
가 담백하고 평이한 어법으로 개진되고 있다. 도토리 줄
기의 성과는 "허리 숙인 만큼/팔 뻗었다 올린 만큼" 얻
어진다. 이 너무도 평범한 이치가 식상해서 도토리나무
를 "아무리 해머로 두들" 긴다할지라도 "모레 떨어질 것
은" 모레가 되어야 떨어진다. "하늘 농사"의 운행원리는
인간의 과욕과 성급함을 배려하지 않는다. 또한 해마다
서로 다른 도토리의 수확량 역시 "하늘이 들판을 굽어보
시고" 그 사정을 감안하여 적절하게 조정한다. 이 대목
에서 가장 주목할 대상은 이러한 사실을 있는 그대로 믿
고 도토리를 줍기 위해 "아침마다 산에 오"르는 "아주머
니들"의 삶의 방식과 태도이다. "하늘 농사"의 운행원리
와 "아침마다 산에 오"르는 사람들의 모습이 서로 상응
하는 연속성을 띠고 있다. 다시 말해, 하늘과 사람의 존
재원리가 상호 조응하고 있는 것이다.
　이러한 형상은 조선후기의 철학자 최한기(崔漢綺)의 논
법에 따르면 '천인운화(天人運化)'에 해당한다. 그의 논법

을 좀더 따라가면, 우주적·자연적 층위에서 이루어지는 기(氣)의 운행을 천지운화(天地運化), 사회적·인민적 층위에서 이루어지는 기의 운행을 통민운화(統民運化), 인간 개체단위에서 이루어지는 기의 운행을 일신운화(一身運化)라고 하였으며, 이 세 가지 층위의 운화는 상호 교섭하면서 유기적으로 통일되어 있는바, 이를 천인운화(天人運化)라고 일컬었다. 그는 천인운화를 강조함으로써 천지자연과 사회와 개인의 기의 운행, 즉 이들 각각의 삶의 리듬의 유기적인 상호 교섭과 연속성의 당위를 주장한 것이다. 물론, 최한기는 자연의 이치〔天道〕와 사람의 존재성〔人道〕에 대해 선험적으로 통일되어 있다고 보지 않는다.

이에 관한 그의 육성을 직접 들어보면 다음과 같다.

자연이란 천(天)에 속하나니 인력(人力)으로 어떻게 할 수 있는 것이 아니고, 당연이란 인(人)에 속하나니 이것으로 공부를 해야 한다.(…) 한편, 당연이라 한 것 속에는 또한 우열과 순박(純駁, 순수함과 잡됨)이 있으므로 갈고 다듬어야 하나니, 요컨데 자연으로 표준을 삼아야 한다. (…) 간혹 혼미한 자가 있는 것은, 전적으로 자연과 관련해 공부를 잘못한 탓이다. 이를 가리켜 '하

122

늘을 대신해 바쁘다'고 이르나니, 도로무익일 뿐이다.

──「자연당연(自然當然)」, 『추측론』 권3
(박희병 『근대와 운화』(돌베개 2003)에서 재인용)

인용문의 문맥에 비추어보면, 위의 시편에서 "팔 뻗었다 올린 만큼 도토리를 줍는" "그 일이 짜증나서 어떤 남정네/해머 들고 도토리나무 두들기"는 행위는 '하늘을 대신해 바쁘'게 움직이는 '도로무익'일 따름이다. 따라서 이것은 고치거나 버리지 않으면 안되는, 삶의 본연의 질서와 리듬을 스스로 위반하고 해치는 행위에 해당한다.

이와같이 인간의 문명적 삶의 허실과 "하늘 농사"의 운행원리에 관한 대위적 인식은 다음 시편에서도 드러난다.

텔레비전을 통해 본 안데스산맥
고산지대 인디오의 생활
스페인 정복자들에 쫓겨
깊은 산 꼭대기로 숨어든 잉카의 후예들
주식이라며 자루에서 꺼내 보이는
잘디잔 감자가 형형색색
종자가 십여 종이다

왜 그렇게 뒤섞여 있느냐고 물으니

이놈은 가뭄에 강하고
이놈은 추위에 강하고
이놈은 벌레에 강하고
그래서 아무리 큰 가뭄이 오고
때아니게 추위가 몰아닥쳐도
망치는 법은 없어
먹을 것은 그래도 건질 수 있다니

전제적인 이 문명의 질주가
스스로도 전멸을 입에 올리는 시대
우리가 다시 가야 할 집은 거기 인디오의
잘디잘은 것이 형형색색 제각각인
씨감자 속에 있었다

—「인디오의 감자」 전문

　시적 화자는 "안데스 산맥/고산지대 인디오의 생활"
에서 '오래된 미래'의 모습을 읽고 있다. 인디오들의 주식
인 감자의 "뒤섞여 있"는 종류들은 "아무리 큰 가뭄이 오
고/때아니게 추위가 몰아닥쳐도" "먹을 것은 그래도 건
질 수 있"는 생활의 지혜를 담고 있었던 것이다. 이 점은
오늘날 풍요와 번영을 약속하며 질주해왔던 근대문명이

"스스로도 전멸을 입에 올리는" 상황을 초래하고 있는 현실과 대비된다. 그래서 시적 화자는 "잘디잘은 것이 형형색색 제각각인/씨감자 속에"서 "우리가 다시 가야 할 집"을 발견하고 있다.

한편, 여기에서 시인이 추구하는 시적 지향성이 기본 적으로 오늘날 자본주의의 소유욕의 무한증식과는 거리 가 먼 무위의 자족과 청빈의 생활상을 드러내고 있음을 알 수 있다. 이를테면, 그는 도토리를 주울 때에도 "보는 만큼 줍고/보이는 만큼 줍는 일이지/안달하며 죄 주우 려고 머"물지 않는다. "오늘 안 보인 것은 내일 보이고/ 내가 못 본 것은 남이 보고/그래도 안 보이는 것은 낙엽 에 묻혀/다람쥐도 먹고 벌레도 먹는"(「도토리 농사 2」) 탈 속적인 무욕의 자재로움이 주조를 이룬다. 이러한 양상 은 인도의 지도자 간디가 권고했던 '자발적 가난'의 지혜 를 연상시킨다. '자발적 가난'의 의미는 소박한 본바탕의 회복에서 찾아진다. 소유욕과 지배욕의 미망으로부터 거 리를 둘 때만이 자신의 본연의 참모습을 견지할 수 있다 는 것이다. 그래서 노자(老子)는 "소박한 본바탕을 드러 내고 껴안으며, 사사로움을 적게 하고 욕망을 줄여라(見 素抱樸 少私寡慾)"라고 하지 않았을까.

윤재철의 이번 시집의 주조음이 한가롭고 고요하고 나

직한 어조를 통한 소박한 정서와 미의식으로 일관되고
있는 특성도 이러한 문면에서 이해된다. 다음과 같은 시
편은 무미할 만큼 소박한 "순진 무분별"의 한 양상을 묘
사하고 있다.

> 볼 때마다 꼭이
> 왼 신은 오른발에 신고
> 오른 신은 왼발에 신는데
> 그러나 무슨 상관이람
> 애초에 무슨 상관이람
> 왼 신을 오른발에 신고
> 오른 신을 왼 발에 신고
> 희옥이는 저 혼자서 신나게 놀다가
> 신발은 저만치 내팽개친 채
> 법당 앞 마룻바닥에서 곤히 잠들었다
>
> ―「순진 무분별」 부분

　순진무구한 어린아이의 행동과 표정을 통해 자연적 존
재로서의 인간 본연의 원상을 묘사하고 있다. 어떤 분별
지에도 얽매이거나 간히지 않고 자신의 몸의 내면적 율
동에 따라 행동하는 어린아이야말로 가장 우주의 순리에

순응하는 당사자이다. 신과 신발의 짝을 서로 맞추어야
한다는 당위가 "애초에 무슨 상관"이 될 수 없는 것처럼,
"신나게 놀다가" "법당 앞 마룻바닥에서 곤히 잠"드는 것
역시 전연 문제될 사항이 아니다. 오히려 가장 평화롭고
자연스러운 생명의 리듬을 느끼게 한다. 이와같이 우주
적·자연적 층위의 운행질서와 공명하는 "순진 무분별"
의 세계에서는 삶과 죽음의 분별까지도 무화되어 있다.

　　장맛비 그치고
　　햇빛 쨍쨍한 한낮에
　　아래 소락떼기 마을
　　상여 하나 떠나간다
　　어이 어이 어이야 어야 어야

　　호박잎은 오갈 데 없이 땅바닥에 주저앉아
　　잎을 축 늘이고 있는데
　　하늘로는 연습 비행기 한가롭게 날고
　　매미는 울고
　　철 늦은 석류꽃은 저 혼자 붉은데
　　노오란 햇빛 속을
　　상여 하나 떠나간다

어이 어이 어이야 어야 어야

벌써 슬레이트 지붕은 혹혹 달아
나도 산 그늘이나 찾아갈까
차라리 땡볕에 호미질이나 할까
땀이 흐르기 시작하는 데
꿈속인 듯 멀어지며
상여 하나 떠나간다
어이 어이 어이야 어야 어야

—「염천에 상엿소리」 전문

　더운 여름날 들판에서 일하는 시적 화자와 "상여 하나
떠나"가는 풍경이 한폭의 그림처럼 펼쳐지고 있다. 여기
에서 삶과 죽음은 상반되는 대칭구도가 아니라 원형적인
수평구도 속에서 공존한다. "잎을 축 늘이고 있는" "호박
잎", "한가롭게 날고" 있는 "연습 비행기", 울고 있는 "매
미", "철 늦은 석류꽃"과 "노오란 햇빛 속을" 떠나가는
"상여 하나"가 서로 동시적으로 어우러져 "햇빛 쨍쨍한
한낮"의 정경을 그려내고 있다. "땡볕에 호미질"과 "꿈
속인 듯 멀어지"는 "상여 하나"가 서로 고통스런 간극을
두고 대칭적인 양상을 이루기보다 인접한 계열체로 존재

한다. 삶과 죽음이 모두 "한여름 한낮의 적막"(「한여름 낮의 꿈」)을 메우는 소재로 공존하고 있는 것이다. 다만, 죽음이 동적 이미지의 대상이라면 삶은 정적 대상이다. 그래서 이 시의 캔버스에서 떠나가는 "상여 하나"의 풍경은 공포나 슬픔의 대상이 아니라 오히려 정겹고 친숙한 대상으로 느껴진다.

그러나 자연의 운행원리를 거역하고 '하늘을 대신해 바쁘'게 움직이는 비속한 현실의 가속도 속에서 이와같이 한적하고 아름다운 원환의 공간은 치명적으로 훼절되고 파괴되고 전복된다. 인간 탐욕의 무한증식이 심각한 재앙을 불러오고 있는 것이다.

시간을 한 두어달만
뒤로 물려 다시 시작했으면 좋겠네
비닐하우스도 걷고
비닐하우스 속 그 독한 농약 냄새도 걷고
과일 하나 놓고라도
제대로 된 시절을 느껴보고 싶네
제대로 된 햇빛과 바람을 먹어보고 싶네

서로가 하루 먼저 하다보니

한달 두달이 당겨지고
그것을 반색하고 먼저 먹어보는 호사가
이제는 당연한 듯
먼저 먼저 빨리 빨리
거꾸로 가는 시계를
이제는 제대로 제자리에 돌려
다시 시작했으면 좋겠네

— 「다시 시작했으면 좋겠네」 부분

이제 그 닭에게
먼저 잡은 닭의 피와 뼈와
내장과 털을 갈아 섞은 사료를 먹인다는 것이
그게 정말이냐
정말 그럴 수가 있는 거냐
돈도 좋지만 원가 절감도 좋지만
정말 그럴 수가 있는 거냐
동물학대니 양심이니 도덕적인 논설은 제쳐두고라도
소에게 소의 폐기물을 먹여 광우병에 걸렸다는
영국의 얘기도 못 들었느냐
그래서 이제는 우리가 닭을 미치게 만드는 거냐
닭을 미치게 만들어

사람까지 미치게 만드는 거냐
하늘의 재앙을 그렇게도 스스로 부르는 거냐
　　　　　　　—「정말 그럴 수가 있는 거냐」 부분

　오늘날 급속도로 회전하는 후기산업사회의 교환가치
회로망은 모든 생명가치와 의미를 나포하여 상품논리 속
에 복속시킨다. 여기에는 사물의 고유한 사용가치는 물
론이거니와 인간과 자연의 신성성까지도 예외가 되지 않
는다. 인간이 문명이라는 이름으로 '천지운화'의 순리를
거역하여, 씨앗의 발아와 꽃이 피는 리듬을 변화시키고,
채소와 과일의 성분을 변질시키고, 인간의 정신과 몸의
체질을 왜곡시키고 있다. 그리하여 세계는 온통 텅 빈 욕
망의 질주만이 있을 뿐, 생명 본래의 신성한 가치와 의미
는 휘발되고 만다.
　「다시 시작했으면 좋겠네」는 "먼저 먼저 빨리 빨리"의
가속도로 인한 질병을 비닐하우스 속에서 재배된 "과일"
을 통해 노래하고 있다. "서로가 하루 먼저 하다보니/한
달 두달이 당겨"지면서, 이제, 과일에서는 "제대로 된 시
절을 느"낄 수 없고, "제대로 된 햇빛과 바람을 먹어"볼
수 없게 되었다. "하늘 농사"의 운행원리를 위반하면서
과일은 제 참모습을 잃어버린 것이다.

「정말 그럴 수가 있는 거냐」에는 "돈" 지상주의자로 전락된 인간들이 불러온 "하늘의 재앙"에 대한 장탄식이 배어나오고 있다. 닭에게 닭을 먹이는 폐륜적 행위는 마치 소에게 소를 먹여 광우병을 낳은 것처럼 닭을 미치게 한다. 이것은 또한 광우병에 걸린 소가 그러한 것처럼 궁극에는 "사람까지 미치게 만드는" 결과를 낳을 것이다. '천지운화'는 사람뿐만이 아니라 우주의 모든 구성원에게 적용되는 생명의 이치이며 질서이다. 다시 말해, 소나 닭들도 우주생명의 주체인 것이다. 따라서 닭이나 소에게 순리에 어긋나는 행동을 강요하는 것은 반드시 우주적 재앙을 불러오게 된다. "하늘의 재앙을 그렇게도 스스로 부르는 것이냐"라는 비탄은 "하늘 농사"의 운행원리에서 이미 너무 멀리 벗어난 인간 삶의 실태에 대한 부정의식의 강렬성을 가리킨다.

특히, 다음 시편은 시인의 현실에 대한 부정의식의 한 극단을 드러낸다. 인간이 인간을 위한다는 명분을 가장하여 인간에 대한 살육 행위를 공식화하고 있는 현장이다.

라이브 화면 바그다드에는
탱크와 사막의 누런 흙먼지와
밤이면 충격과 공포의 크루즈 미사일

지옥의 불기둥이 치솟지만

꿈속인 듯 거리를 걸으며
주머니 속 동전 만지작거리며
나는 무력하다
(…)

이명처럼 시내 곳곳에서 총성이 울리고
봄의 한낮 가위눌린 꿈처럼
나는 무력하다

—「봄날」부분

"바그다드"에는 제국주의가 자행하는 "지옥의 불기
둥"이 들끓고 있다. '천지운화'의 거룩한 질서가 인간의
지배욕에 의해 정면에서 부정·파괴되고 있다. 그리하여
지구의 이편에서 대낮의 거리를 걷고 있는 시적 화자는
온통 "시내 곳곳에서 총성이 울리"는 "이명"에 시달리고
있다. 그러나 화자가 할 수 있는 일이라곤 아무것도 없
다. 그래서 그는 한없는 "무력감"에 시달린다. "나는 무
력하다"는 진술의 반복에는 마땅히 사회적·인민적 층위
에서 이루어지고 구현되어야 할 생명의 질서가 완전히

참살되는 현장에서 느끼는 비애와 공포가 배어 있다. "충격과 공포의 크루즈 미사일"이 자행하는 재앙은 또다른 엄청난 재앙을 불러올 것이다.

윤재철의 시적 중심음을 이루고 있는 "하늘 농사"의 이치는 이와같이 외부 현실과 만나면서 부정의 상상력으로 확산되기도 한다. 물론 그의 부정의 시적 상상력은 강렬한 외적 공격성으로 집중되지는 않는다. 그것은 그의 시세계의 본령이 "하늘 농사"의 운행원리에 입각한 무위의 화법과 정서에 있기 때문이다. 다시 말해서, 그의 시적 지향성은 도토리를 줍는 아주머니들의 "보는 만큼 줍고/보이는 만큼 줍는 일이지/안달하며 죄 주우려고 머무는 법은 없"는 생활자세에 있기 때문이다. 그래서 그의 시세계는 자극적인 이미지의 과잉과 충격적인 사건의 돌출들이 난무하는 오늘의 현실 속에서 무미할 정도로 소박하고 단조롭게 느껴지는 것이 사실이다. 그러나 그의 시적 본령을 이루는 "순진 무분별"한 무욕과 자족의 미의식은 인류의 생존을 가능케 하는 가장 근원적인 '오래된 미래'의 지혜에 뿌리를 내리고 있다는 점에서 마땅히 강조되고 주목되어야 한다. 그의 시적 삶은 우리의 삶의 본성의 가장 내밀한 정수를 탐색하고 있는 것이다.

洪容熹 | 문학평론가, 경희사이버대 문창과 교수

■

시인의 말

아침 느티나무여

내가 잠에서 깨었을 때도 너는 꿈속에 있다 환한 금빛 아침햇살 속에 꿈인 듯 너는 서 있고 나는 행복하다

황홀한 꿈이여 깨어나지 않을 꿈이여 세월은 가되 나는 네가 불러내는 바람 속에 깨어나고 네가 닫는 잎사귀의 어둠속에서 잠이 든다 세월은 가되 네 속에 있어 나는 행복하다 내 속에 네가 있어 행복하다

아 꿈속의 꿈이여 환한 금빛 아침햇살 속에 무성한 잎사귀의 구름으로 일렁이는 초록의 집이여 설령 그 겨울의 광풍을 기억한다 해도 그건 고독한 열정의 또다른 이름 저 가을의 노란 단풍과 함께 겨울 하늘에 던지는 아름다운 가지의 그물을 나는 설레이는 꿈이라 부른다 꿈의 꿈이라 부른다

가지 말아라 꿈이여 잠들지 말아라 꿈이여 천년을 너는 푸르고 제국의 영화는 자취 없다 천년을 말이 없는 느티여

너와 함께가 아니라면 나는 숨쉴 수조차 없거늘 너는
어제도 깨고 또 오늘도 깨어 꿈속에 푸르다 내가 푸르다
꿈속의 꿈속을 내가 가고 네가 온다

발랄라이카를 켜라 흐느끼듯 우는 발랄라이카를 켜라
비 오는 날은 너와 함께 잠들리니 빗방울 훅훅 듣는 느티
나무 숲길을 꿈속인 듯 간다 꿈속인 듯 온다

아 천년의 꿈이여 바람이여

아 꿈의 꿈이여 아침 느티나무여

2004년 봄

윤재철

창비시선 233

세상에 새로 온 꽃

초판 발행/2004년 3월 15일

지은이/윤재철
펴낸이/고세현
편집/고형렬 김정혜 문경미 안병률 김현숙
미술·조판/이선희 정효진 신혜원
펴낸곳/(주)창비
등록/1986년 8월 5일 제85호
주소/경기도 파주시 교하읍 문발리 파주출판도시 42블록 5
       우편번호 413-832
전화/031-955-3333
팩시밀리/영업 031-955-3399 · 편집 031-955-3400
홈페이지/www.changbi.com
전자우편/literat@changbi.com

ⓒ 윤재철 2004
ISBN 89-364-2233-2 03810

* 이 책 내용의 전부 또는 일부를 재사용하려면
  반드시 저작권자와 창비 양측의 동의를 받아야 합니다.
* 책값은 뒤표지에 표시되어 있습니다.